LE

MASSACRE DE L'AMBULANCE

DE SAONE-ET-LOIRE

RAPPORT

lu au Comité médical de secours aux blessés, le 7 juillet 1871,

PAR

LE Dr CHRISTOT,

EX-CHIRURGIEN EN CHEF DE LA 3e AMBULANCE LYONNAISE.

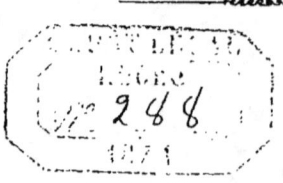

LYON

IMPRIMERIE D'AIMÉ VINGTRINIER

Rue de la Belle-Cordière, 14.

—

MDCCCLXXI

(Extrait du Lyon Médical.*)*

LYON. — IMP. D'AIMÉ VINGTRINIER.

LE

MASSACRE DE L'AMBULANCE

DE SAONE-ET-LOIRE

Messieurs,

Votre Comité m'a chargé de lui présenter un rapport détaillé sur l'attentat dont a été victime l'ambulance de Saône-et-Loire. Les documents qu'il avait reçus de différents côtés lui ont paru insuffisants pour arriver à la connaissance complète de la vérité, d'autant plus que, dans un rapport adressé à M. Verne d'Arlandes, l'ennemi cherche à établir qu'il n'y a pas eu assassinat, mais légitime défense. — Je ne pouvais décliner cette tâche douloureuse, non-seulement à cause des liens qui m'attachaient à plusieurs des victimes, mais encore parce que l'ambulance du docteur Morin et la 3ᵉ ambulance lyonnaise se trouvaient sur le même champ de bataille.

Comprenant l'importance que vous attachiez à cette mission, je me mis sans retard à l'œuvre afin de réunir tous les faits quels qu'ils fussent de nature à jeter un peu de clarté sur cette lugubre affaire. M. le docteur Bouchacourt voulut bien me remettre des dépositions du plus haut intérêt, puisqu'elles sont signées par des membres de l'ambulance de Saône-et Loire. J'ai vu ici des aides-majors de cette ambulance, entre autres M. Cordier, interne des hôpitaux. D'autres renseignements m'ont aussi été apportés par la poste. Néanmoins, je ne me suis pas cru suffisamment édifié, et afin de ne rien négliger pour arriver à la vérité, le 18 juin je me transportai à Dijon et de là à Hauteville, accompagné de Mᵉ Cl. Brun, avocat au barreau de Lyon, et de Mᵉ Chenot fils, avocat au barreau de Dijon, que je suis heureux de remercier ici de leur précieux concours. — J'ai pu de cette façon ajouter de nombreux détails à ceux que je vous avais déjà transmis alors que votre 3° ambulance était encore dans la Côte-d'Or.

Hauteville est un village situé au nord de Dijon, à dix kilomètres environ de la ville. Sa position stratégique est importante, son altitude étant sensiblement la même que celle de Talant, dont il n'est guère distant que de trois kilomètres en ligne directe. La possession de ce point culminant était donc d'un haut intérêt militaire pour l'armée d'attaque de Dijon.

Le 21 janvier, entre 9 et 10 heures du soir, les deux premiers bataillons de la 3° légion de Saône-et-Loire prennent position à Hauteville. L'ambulance du docteur Morin s'installe dans une des maisons les plus spacieuses de la partie basse du village. Cette maison appartient au sieur Callais ; elle est située sur la route qui traverse Hauteville du midi au nord. Le plan annexé au rapport et la légende explicative me dispensent d'une description détaillée de cette maison et de ses dépendances. Une chose mérite cependant d'être rappelée, c'est que sa situation, la disposition de la cour extérieure, la position occupée par la maison voisine, qui masque au sud les fenêtres de l'habitation Callais, tout en un mot concorde pour empêcher d'admettre qu'elle ait pu servir de point de défense contre une attaque dirigée du midi au nord, comme l'a été l'attaque de l'armée prussienne.

« Le bataillon partit avec la 2° compagnie (capitaine Von Pul-« litz) comme avant-garde, à 10 heures du soir, *par une com-« plète obscurité*, de la cour de la ferme de Changey, et se diri-« gea sur Hauteville. *Lorsque la tête de l'avant-garde se fut* « *approchée d'environ 200 pas des premières maisons du village,* « *elle fut reçue par un feu animé.* » (*Rapport du général Franceschy.* Dole, 18 mars 1871). Combien cette contradiction serait ridicule si elle n'était odieuse !

Le choix de la maison fut dicté plus encore par l'absence complète de soldats que par ses dispositions intérieures, qui paraissaient convenables au docteur Morin. L'habitation Callais n'abritait aucune baïonnette ; le fait est des plus plausibles. Toutes les dépositions des membres de l'ambulance l'affirment, et celles de M. et de Mme Callais se produisent avec une énergie qui ne laisse plus de doute à cet égard. Bien plus, un sergent de mobilisés, ayant pénétré dans la maison, fut obligé d'en sortir, sur les instances de M. Morin lui-même. La cour extérieure ne contenait pas non plus de troupes. (*Déposition de M. et de Mme Callais, de MM. Cordier, Fleury, de Champvigy, Berland* (1), *Alacoque, Baudot.*)

Les ambulanciers de Saône-et-Loire ne portaient sur eux aucune arme. Le docteur Morin, à plusieurs reprises, avait recommandé à ses collaborateurs la stricte exécution de la Convention de Genève et lui-même donnait l'exemple en remettant au capitaine de son bataillon le revolver qu'il portait habituellement sur lui. (*Dépos. de M. Cordier.*) Tous avaient le brassard.

Deux drapeaux de Genève furent hissés sur la façade de la maison, l'un à la porte d'entrée du rez-de-chaussée, le second au premier étage. Les drapeaux étaient de grandes dimensions et s'apercevaient facilement. (*Dépos. de Mme Callais.*)

L'action militaire devait recommencer le lendemain, et notre armée, encore une fois trop confiante, s'apprêtait à reprendre l'offensive seulement le 22 au matin.

Vers 10 heures, une vive fusillade la surprend et la désabuse. Un régiment prussien s'avance dans Hauteville en suivant la route du midi au nord. Nos mobilisés se replient sur la même route et répondent par quelques coups de feu à la fusillade bien nourrie de l'ennemi. La surprise rend toute lutte difficile, presque impossible, aussi n'y en a-t-il pas de véritable. L'ennemi s'empare du village, qui ne peut être défendu. « Les Prussiens arrivent et entrent dans Hauteville. Nos soldats, ne pouvant lutter contre des forces supérieures, abandonnent le village, et ce fut un sauve-qui-peut général. » (*Dépos. de M. Alacoque, infirmier de l'ambulance de Saône-et-Loire.*)

Telle est la vérité sur la prise d'Hauteville, que le rapport prussien, avec l'art mensonger que vous connaissez, transforme en

(1) Je dois la déposition écrite de M. Berland à l'obligeance de mon ami M. Ch. Jacquier, docteur en droit, avocat au barreau de Lyon, attaché pendant la guerre à l'état-major du général de Busserolles.

un brillant fait d'armes. Là encore toutes les dépositions concordent.

Il n'y a pas eu de lutte. Un détail, qui a son importance, le prouve encore. Toutes les façades sud des maisons d'Hauteville sont criblées par les balles prussiennes, les façades nord, qui recevaient le feu des soldats français ne présentent au contraire que quelques projectiles ; les traces du combat sont encore très-apparentes.

C'est aussi vers 10 heures que les soldats prussiens pénètrent, au nombre de 10 ou 12, dans la maison de l'ambulance, dont les membres venaient de se consulter sur la conduite à tenir. (*Dépos. de M. Berland, infirmier*.) Quelques-uns conseillent le départ ; d'autres s'y opposent, déclarant que le devoir les retient à Hauteville, et qu'enfin l'égide de la Convention de Genève les garantit contre les atrocités de la guerre. Du reste, toute indécision cesse devant les soins à donner à un mobilisé blessé à la face (1) et à une enfant de 15 ans (Eugénie Picamelot), mortellement atteinte. Elle a la poitrine traversée par une balle prussienne, tirée assurément de très-près, puisqu'elle n'a blessé la malheureuse enfant qu'après avoir labouré l'épais chambranle d'une porte. (Voir le plan ci-annexé). — Cette première et innocente victime d'une agression barbare est couchée dans l'alcove de la grande salle, où se trouvent réunis les membres de l'ambulance. C'est pendant l'application des premiers pansements que des soldats du 61e de Poméranie, et non du 21e(2), font irruption dans la maison, malgré les protestations énergiques de Morin, qui montre son brassard et le drapeau de Genève en criant : « *Feld-Lazareth !* « *Feld-Lazareth !*

« *Amboulance, amboulance ! charognes, capout !* reprennent « les sauvages avec l'expression de l'incrédulité et du mépris. » (*Dépos. de M. Berland.*)

« On répond à notre infortuné chef, M. Morin, par trois « coups de baïonnette ; il tombe, puis se relève en répétant

---

(1) Ce blessé est un nommé Dumon, de Tourny, commune de Changy.

(2) Des blessés prussiens du 61e, soignés dans nos ambulances, à Dijon, avouaient que leur régiment avait donné à l'affaire d'Hauteville. De son côté Mme Callais affirmait que les assassins appartenaient au 61e, et non au 21e, comme dit le rapport prussien.

« de nouveau : Feld-Lazareth! Feld-Lazareth! C'est en ce moment
« qu'il reçoit une balle qui mit fin à ses jours (1). Ce fut ensuite
« à notre tour; ils nous jetèrent tous par terre à coups de crosse
« de fusil, puis ceux qui faisaient les récalcitrants recevaient des
« coups de revolver. Quand ce fut à mon tour, je me laissai tom-
« ber et j'eus la chance de ne pas être touché. Comme les autres,
« je fis le mort; mais un soldat m'ayant écrasé les doigts, je ne
« pus retenir un mouvement. Voyant que je n'étais pas mort, ils
« me firent lever, puis quatre baïonnettes se braquèrent sur moi.
« Il se trouvait dans la chambre un sergent-major prussien qui
« me demanda si j'étais sergent-major. Sur mon affirmation, ils
« me firent sortir sans me faire de mal. Milliat fut ensuite entraîné
« au-dehors, on lui fit tourner le dos à deux pas de la porte, puis
« deux détonations retentirent et il tombait mort. Ensuite ce fut
« le tour de Fleury : ils le firent sortir et j'entendis deux coups
« de feu. Il tomba. Quelques instants après je l'entendis courir;
« il se sauvait. On tira de nouveau sur lui. J'ai appris ensuite
« qu'il n'avait été que blessé. » (*Dépos. de P. Baudot, vaguemestre du 1er bataillon de la 3e légion de Saône-et-Loire.*)

Baudot ne revint que le surlendemain à Dijon, chez M. le docteur Chanut, professeur honoraire à l'École de médecine, chez
qui Morin avait reçu l'hospitalité la plus affectueuse. » Nous crai-
« gnions, me dit le docteur Chanut, que ce brave garçon n'eût été
« victime de son attachement pour son chef. Aussi combien fut
« grand notre bonheur quand nous le vîmes reparaître. Il était
« blessé et avait la tête empaquetée. Nous ne pûmes retenir des
« larmes de joie en le voyant si heureusement échappé au massa-
« cre. » Les détails qu'a bien voulu me fournir mon obligeant
confrère confirment complètement ceux qui sont consignés dans
ce rapport.

La déposition suivante n'est pas une preuve moins triste. Elle
est de M. Fleury, étudiant en médecine, infirmier-major au 2e bataillon, 3e légion de Saône-et-Loire.

« Resté debout un des derniers, dit-il, je ne me laissai tomber

_____

(1) On voit encore sur la porte du fond les traces du projectile qui atteignit notre regretté collègue.

« qu'après avoir reçu un coup de crosse sur la tête et deux
« coups de baïonnette au flanc gauche, dont un seul m'atteignit
« et porta heureusement sur une des dernières côtes. Je restai
« couché au milieu de mon sang et de celui de mes camarades,
« déjà étendus par terre, pendant que l'on brisait à coup de crosse
« deux cantines de médicaments et d'objets de pansement mar-
« qués à la croix de Genève. »

« Après avoir délibéré quelques secondes entre eux, les Prus-
« siens firent lever l'un de nous, que je crois être le vaguemestre
« Baudot, et l'entraînèrent au dehors. Ce fut ensuite mon tour.
« Arrivé à la porte extérieure, je me trouvai en présence d'un
« peloton de vingt hommes environ, alignés. Je compris et voulus
« rentrer. Mais tout était prévu ; il y avait des baïonnettes der-
« rière moi. On me fit signe d'avancer. J'avançai sans hésiter et
« m'arrêtai à cinq pas d'eux en croisant les bras. Une détonation
« retentit ; j'avais l'épaule droite, près du cou, traversée par une
« balle. Cette nouvelle blessure n'était pas mortelle. L'idée me
« vint de faire le mort et je me laissai tomber. Au bout d'une mi-
« nute, je me sentis tiré par la jambe. Craignant d'être achevé
« à coups de baïonnette, je me relevai, préférant recevoir une
« balle qui terminerait tout. Puis me ravisant subitement, en
« deux bonds je fus au fond de la cour. Mais déjà deux balles
« avaient sifflé à mes oreilles : l'une m'avait atteint à la joue
« droite, l'autre avait percé mon capuchon. Cela ne m'empê-
« cha pas de franchir la claire-voie qui ferme la cour et de ga-
« gner les jardins, d'où je sortis ensuite en escaladant les murs.
« Je pris alors à travers les vignes, et après deux heures d'une
« marche pénible, j'arrivai à Pouilly, qu'occupaient les Fran-
« çais. »

L'horreur de ces détails ne doit pas m'empêcher de citer
encore la déposition de M. Jean Morin, infirmier. Elle n'est ni
moins triste, ni moins probante que les précédentes : « Je me
« trouvai près de la porte d'entrée. Je reçus au front un coup
« de crosse qui me renversa En même temps j'entendis les plain-
« tes de mes camarades, mais les brigands criaient plus fort
« qu'eux. Lorsque tous furent tombés, ils revinrent à moi et me
« forcèrent brutalement à me relever. Je suppliai ces monstres

PLAN DE LA MAISON CALLAIS
A HAUTEVILLE

R. Route qui traverse Hauteville du sud au nord. La flèche indique la direction suivie par les Prussiens pendant l'attaque.
Ils venaient de la partie la plus élevée du village, qui se trouve
au sud.

C. Cour extérieure qui mène aux hébergeages H.

M. Façade de la maison qui limite la cour au midi. Elle contenait des
écuries où se trouvaient les chevaux de l'ambulance.

P. Puits. La croix indique le point où Milliat a été fusillé.

E. Entrée principale de la maison. Un drapeau de Genève avait été
placé à cette entrée.

Cu. Grande pièce dallée servant de cuisine et de salle à manger. C'est
là que l'assassinat a eu lieu. — h. horloge ; la croix indique le
point où Morin est tombé. — En b. le chambranle d'une porte a
été traversé par la balle qui l'a tué. — A. alcove où était couchée
la jeune fille blessée. — En b'. sur le cadre de l'alcove se voit
la trace d'un autre projectile. — F. fenêtre portant des traces
de projectiles. — F'. foyer. — T. table. — Pl. placard.

J. Pièce où a été blessée la jeune fille. Le projectile avait auparavant
brisé une vitre en V et traversé le chambranle de la porte I.

D. Pièce à four où Mme Callais s'était retirée avec un infirmier.

PLAN
de la Maison Gallais à Hauteville.

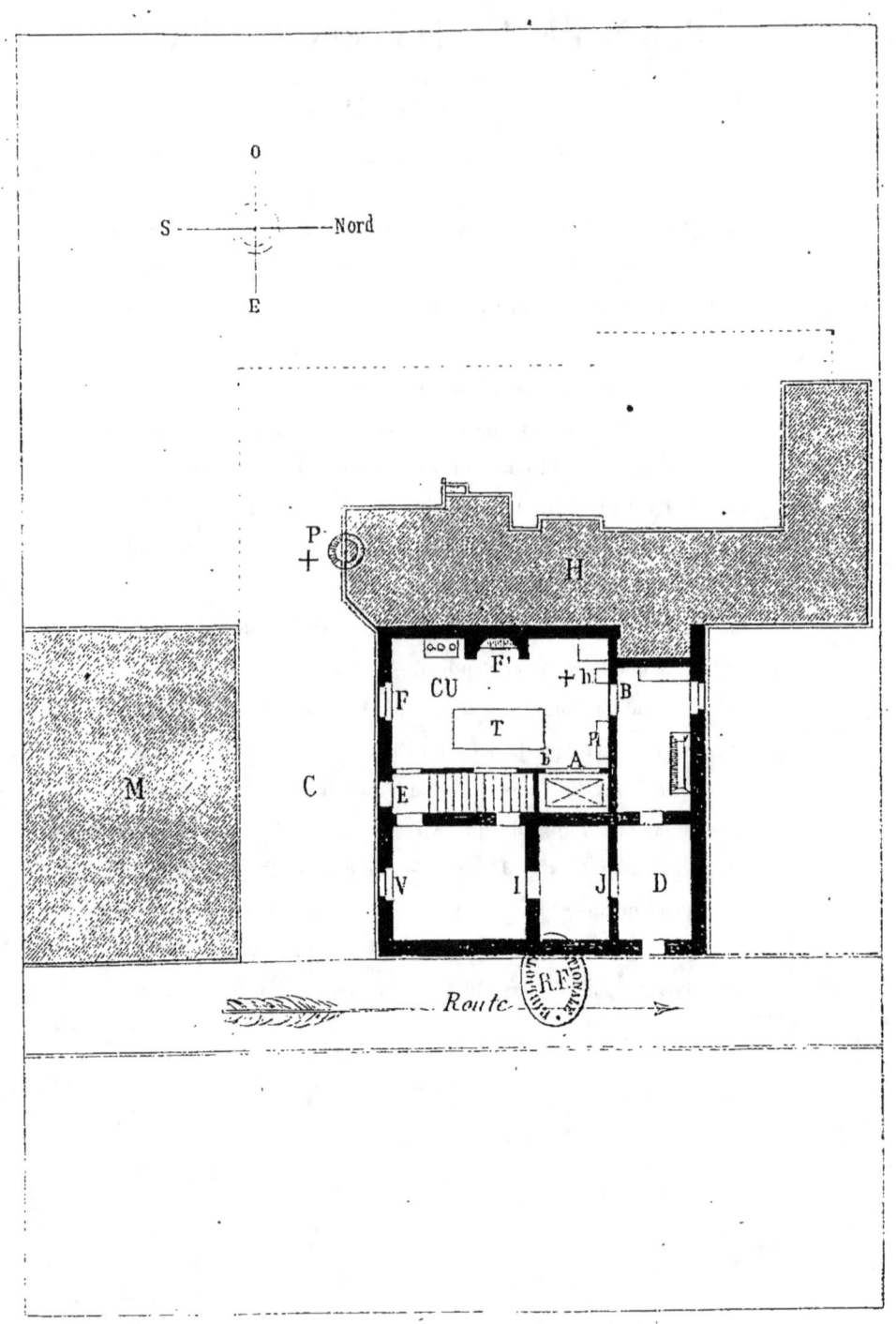

« de me laisser le peu de vie qui me restait et de me faire pri-
« sonnier. Pour toute réponse je reçus deux coups de crosse de
« fusil dans l'estomac. Je tombai de nouveau, et des flots de sang
« me sortirent par la bouche et par le nez. J'avais déjà le front
« fendu depuis les cheveux jusqu'à l'œil, et comme je relevais la
« tête, un coup de fusil fut tiré de mon côté. La balle me passa
« sur l'épaule droite et alla frapper au cœur M. Morin, qui tomba
« mort à mes pieds. »

« Leur œuvre achevée, ils ont bu et mangé dans la mai-
« son..... »

La maison Callais fut livrée au pillage. Les soldats pénétrèrent
dans toutes les pièces, et notamment dans une pièce du fond (four
« et cave) où Mme Callais avait entraîné un infirmier dans l'espoir de
le soustraire à la fureur des assassins. Ce malheureux fut arraché
brutalement et traîné au dehors. « Seul, j'ai pu réussir à échap-
« per au massacre, écrit M. Alacoque. Voyant deux femmes se
« précipiter dans une cave, je les suivis..... Au bout de quelques
« minutes, les Prussiens croyant avoir massacré toute l'ambu-
« lance se mirent à visiter la maison. Cinq d'entre eux s'apprê-
« taient à me tuer, prononçant avec rage les mots *revolver*,
« *chassepot*. A force de prières et de supplications, j'obtins
« d'être fait prisonnier. Je pouvais à peine me soutenir. Trois
« Prussiens m'aidèrent à monter l'escalier et me forcèrent à tra-
« verser la salle qui venait d'être le théâtre de cet horrible car-
« nage. Je ne saurais donner une idée de l'impression terrible que
« j'éprouvai à la vue de mes amis baignant dans leur sang. Je
« les crus tous morts. Je termine en affirmant qu'aucune provo-
« cation, qu'aucune décharge d'armes ne sont parties de l'ambu-
« lance. Il n'y a pas même eu d'injures de notre part. Rien par
« conséquent ne saurait atténuer l'horreur du massacre de l'am-
« bulance d'Hauteville, commis au mépris de la Convention de
« Genève. » (*Dépos. de M. Alacoque*).

Le domestique de la maison Callais, un enfant de 17 ans, est
emmené prisonnier, et depuis, malgré les recherches les plus
actives, ses maîtres sont restés sans nouvelles de lui. Au 18 juin,
jour de notre enquête, ils n'avaient encore reçu aucun rensei-
gnement.

Cette scène de massacre avait duré une demi-heure environ, au bout de laquelle les Prussiens évacuèrent la salle en ayant la précaution de placer une sentinelle à la porte. L'assassinat avait été consommé au milieu de hourras frénétiques.

Mme Callais rentre alors. Elle trouve le cadavre de Morin près de l'horloge ; un infirmier gît vers le placard ; deux autres sont étendus entre l'alcove et la porte de sortie. Tous trois sont plus ou moins grièvement atteints. Un quatrième caché derrière le lit peut s'évader grâce à des habits prêtés par les maîtres de la maison. « Chacun se jette où il peut, dit M. Berland. Je réussis à me « glisser furtivement entre le montant, formant le pied du lit où « était la jeune fille et le mur de l'alcove. Un simple rideau me « masquait. J'ignore comment j'ai pu éviter les regards et sur- « tout les recherches. De là, j'entendis les cris des malheureu- « ses victimes. Je distinguai la voix de mon infortuné ami le doc- « teur Morin, tombant en flétrissant ses meurtriers du nom « d'assassins. Il ne me fut guère possible d'analyser les circons- « tances de cette affreuse scène. Il n'est resté dans mon esprit « que des souvenirs confus, l'horrible sensation de la poudre et « du sang. Je ne saurais dire non plus s'il y avait un chef parmi « les assassins. Je n'ai vu que des casques identiques et n'ai pu « distinguer aucun signe particulier. Leur infernale besogne « achevée, les meurtriers sortirent, et quelques instants après les « habitants revenaient assister la jeune fille. Je sortis de ma « cachette et vis les pauvres victimes baignées dans une mare de « sang. Au pied du lit MM. de Champvigy et Dheret gémissaient « à voix basse. Ils avaient été laissés pour morts. Je leur dis un « adieu que je crus être le dernier » (*Dépos. de M. Berland*).

Le cadavre de Milliat gît dans la cour extérieure près du puits, attenant à la maison (voir le plan pour tous ces détails). Les can- tines de l'ambulance avaient été défoncées ; elles sont vides, rien n'a été respecté, pas même les linges de pansement.

M. et Mme Callais s'asseyent devant le foyer et passent la nuit au- près des victimes. Des soldats, en présence d'un officier, dépouil- lent Morin et ses aides. Ils enlèvent au premier une montre en or et un porte-monnaie. Sur les observations faites par M. Callais que les malheureux appartiennent aux ambulances et doivent

être respectés au moins après la mort, l'officier répond : « C'est
« notre droit. Du reste cela enrichira la compagnie. »

« La valise du médecin major, contenant les fonds de l'ambu-
« lance, fut également soustraite. Ayant tenu les comptes de notre
« médecin-major, j'évalue à 1,500 fr. environ, la somme que pou-
« vait renfermer cette valise (*Dépos. de M. Berland*).

Le portefeuille de Morin, oublié ou négligé par les misérables,
fut retrouvé par Mme Callais. Il était traversé d'un coup de baïonnette. Alors que M. Jean Morin était étendu presque sans connaissance, « ces bourreaux se mirent à le fouiller et prirent tout ce
« qu'ils trouvèrent.

« Il n'y eut que ses souliers qu'ils ne parvinrent pas à arra-
« cher. » (*Dépos. de Jean Morin*).

A côté de l'habitation Callais, dans la maison même d'Eugénie
Picamelot, agonise un officier, le brave chef de bataillon Bracon-
nier, commandant le 1er bataillon de la 3e légion de Saône et
Loire. Il est brutalement dépouillé de tout, même de ses vêtements
par les soldats scrupuleux du major von Erckert (**1**).

Ces raffinements d'assassinat et de cupidité n'expliquent
qu'avec trop de lucidité le passage suivant du rapport du général Franceschy. L'héroïsme et la bonne foi germaniques éclatent ici
avec une douloureuse évidence :

« Vers minuit, dans le rez-de-chaussée de la dite maison, la
« mêlée devint affreuse. Environ huit hommes, de l'ennemi
« furent tués. Après que la résistance eût été maîtrisée et le bâ-
« timent pris, *on découvrit, après une inspection plus minutieuse,*
« que quelques-uns des morts et des blessés ennemis portaient
« le brassard blanc avec la croix rouge, et plus tard le drapeau
« genevois flottant sur le toit du bâtiment. »

« Dans l'intervalle apparut le major von Erckert. Cet officier
« fit immédiatement des recherches (*on connaît maintenant la*
« *nature de ces recherches*) qui donnèrent les résultats sui-
« vants : »

---

(1) Le docteur Bernheim, chirurgien en chef adjoint de la 3e ambulance
lyonnaise, appelé, le 22, auprès de ce brave officier, a été assez heureux pour
apporter quelque soulagement à ses dernières souffrances.

« 1° Pendant ce temps, les cadavres avaient été emportés
« et les habitants de l'endroit avaient pris les blessés, en sorte
« qu'on ne peut constater d'une manière certaine si parmi les
« morts se trouvaient deux médecins français, ni le nombre d'in-
« dividus revêtus du brassard de la neutralité qui avaient été
« tués ou blessés par mégarde (1). »

« 2° On ne peut pas non plus constater si les individus qui
« avaient le brassard portaient des armes, ou s'ils en avaient fait
« usage. Par contre on affirme qu'au rez-de-chaussée de la mai-
« son du coin, souvent mentionnée, et surtout dans l'espace où
« les cadavres des deux médecins furent trouvés, qu'un combat
« contre des gens armés avait eu lieu. On trouva aussi des armes
« fraîchement déchargées et beaucoup de munitions. (*Rapport du
général Franceschy.* Dôle, le 18 mars).

Nous devons aux assassins une circonstance atténuante. Pendant notre séjour à Dijon, l'autorité militaire française arrêta,
plusieurs espions prussiens porteurs des insignes de Genève.
Plus d'une fois aussi les membres de la 3e ambulance lyonnaise,
ont ramassé sur le champ de bataille des cartouchières contenant
à la fois des munitions et des brassards.

Mais revenons à cette nuit de terribles angoisses : « J'ai passé
« toute la nuit dans de mortelles frayeurs, me dit Mme Callais,
« un mouvement, un mot, un seul gémissement pouvait amener
« des malheurs plus grands encore. Les assassins ont fait preuve
« d'un cynisme odieux ; ils ont surveillé leurs victimes avec une
« féroce insistance. Plus de dix fois, ces bandits reviennent au-
« près de ces malheureux jeunes gens pour s'assurer qu'ils ne
« donnent plus signe de vie. Ils leur approchent la chandelle de
« la face, leur assènent des coups de crosse de fusil sur le crâne
« ou leur écrasent les doigts avec les talons de leurs bottes.
« Aussitôt après leur sortie, j'ai peine à réprimer les gémisse-
« ments qu'exhalent les poitrines des pauvres victimes. L'une
« d'elle me demande à boire avec instance ; je suis obligé de

(1) Ne serait-ce pas affaiblir la valeur du rapport que d'y d'ajouter un
commentaire !

« refuser, sous peine de la trahir. La sentinelle voit tout ce qui
« se passe au dedans (1).

. « Vers les deux heures, un soldat entre de nouveau. Il décou-
« vre qu'un des infirmiers respire encore, il tire son sabre pour
« l'achever, puis se ravisant, trop lâche probablement pour faire
« la besogne à lui seul, il va chercher quatre camarades, qui, par
« hasard moins inhumains que lui, l'empêchent d'accomplir son
« funeste dessein. »

Trois heures après le massacre, un officier supérieur pénètre
dans la maison.

« Voyant les gens de la maison pleurer, il leur demande la
« cause de leurs larmes ; ils répondent en montrant la jeune fille
« blessée et les cadavres des médecins français. — « Tant pis,
« reprend l'officier, vous êtes bien heureux que je ne vous fasse
« pas brûler avec eux, car j'ai brûlé partout où j'ai passé (2). » Il
« ajouta d'un air de mépris que nous avions tiré sur ses soldats.
« Aux dénégations formelles des habitants il répondit : « Si vous
« aviez des francs-tireurs, je mettrai le feu à tout le village. »
« Les soldats étaient présents ; le chef leur disait presque qu'ils
« avaient bien fait. Comme on lui demandait ce qu'il fallait faire
« des pauvres malheureux gisant sur le sol : « Cela ne me
« regarde pas, reprit-il, maintenant qu'ils sont tués, ce n'est plus
« notre affaire. » (Depos. de M. Jean Morin).

Ce soldat de l'humanité et de la civilisation promit cependant
sur les instances des habitants d'envoyer son médecin auprès de
la jeune fille qui agonisait.

« Ce dernier vient enfin mettre un terme à cette scène horri-
« ble, continue Mme Callais. Il délivre les infortunés infirmiers de
« la surveillance homicide de leurs bourreaux. A 8 h. 1/2, les
« deux cadavres sont portés au cimetière.

« Ce médecin prussien est le seul homme, qui se soit trouvé
« au milieu de ces bêtes féroces, dit M. de Champvigy. C'est lui
« qui nous a sauvé la vie. »

(1) Ces renseignements sont confirmés par la déposition de M. J. de Champvigy, infirmier de l'ambulance.
(2) Cette menace ne fut que trop mise à exécution le 23, jour de la bataille de Pouilly.

Mme Callais avait à peine achevé sa déposition que son mari rentra et nous donna des renseignements tout à fait conformes à ceux qui précèdent.

La dette contractée par ces malheureux vis-à-vis de leur sauveur devait être promptement acquittée. Le lendemain, 22, l'armée de Dijon victorieuse faisait prisonnière, à la ferme de Changey, une ambulance prussienne. Dans l'ardeur de représailles que l'attentat de la veille rendait presque légitimes, les médecins ennemis couraient risque d'être passés par les armes. Votre troisième ambulance, sous la protection de laquelle les prisonniers venaient de se placer, fut assez heureuse pour éviter une nouvelle effusion de sang et une seconde violation de la Convention de Genève. Mon ami le docteur Bernheim surtout témoigna dans ces circonstances périlleuses d'un courage et d'une énergie que je ne saurais trop signaler à vos éloges.

Le 25 janvier, alors que le canon grondait du côté de Saint-Apollinaire, j'envoyais à Hauteville un de nos infirmiers, M. Chambry et un fourgon pour accompagner les parents de Morin et accomplir le soin pieux de l'exhumation. Les cadavres étaient enterrés sans cercueil; les bottes avaient été enlevées; les poches des uniformes vidées et retournées. Milliat avait encore son képi. Tous deux portaient le brassard. Voici les notes prises par M. Chambry au moment de l'exhumation :

« A. Monix, major de l'ambulance de Saône-et-Loire;

« Balle à la partie supérieure de l'abdomen; coups de sabre à
« la partie gauche de la tête; coups de crosse de fusil ayant
« entamé et fracturé le crâne; plusieurs coups de baïonnette au
« côté droit; en tout six blessures.

« Les membres du cadavre sont crispés, les poignets fermés,
« la face contracturée comme chez les malheureux qui se sont
« débattus et ont souffert avant de succomber. »

« Milliat, aide-major de l'ambulance de Saône-et-Loire;

« Coup de baïonnette au sein droit. Balle dans la région lom-
« baire gauche. L'habitus extérieur du cadavre montre que la
« mort a dû être immédiate. »

Le 26, à dix heures, les honneurs funèbres ont été rendus à nos infortunés collègues. — Le cortége partit de l'hôpital, où les cadavres avaient été déposés. Le commandant du bataillon de Charolles, M. le docteur Jeannin, médecin major d'un bataillon de Saône-et-Loire, un autre médecin de ces mêmes bataillons et moi tenions les coins du drap mortuaire. Les troupes faisaient haie sur le passage du convoi. M. le docteur Favre, délégué de la société de secours aux blessés, plusieurs ambulances militaires, composées en grande partie d'amis des victimes, suivaient le char funèbre. Votre troisième ambulance avait tenu à assister à cette cérémonie; pas un ne manquait à l'appel.

Le corps de Milliat fut laissé au cimetière; celui de Morin, mené à la gare, pour être rendu à sa famille. Avant la séparation, je n'ai pu me refuser à dire à nos collègues un dernier adieu et en même temps à faire entendre une protestation énergique.

La veille cependant nous avions décidé que, pour ne pas surexciter d'avantage l'opinion publique, nous nous abstiendrions de toute parole passionnée. Mais la suprême tristesse du convoi, la vue du cercueil, les larmes de tous avaient fléchi notre décision, et je n'ai été qu'un bien pâle interprète des sentiments communs en lisant l'adieu suivant :

« Je sais, Messieurs, que la mort aime le silence et qu'on est
« mal inspiré en jetant sur les bords d'une tombe des paroles
« passionnées. Mais le crime qui nous réunit ici est d'une si lâ-
» che atrocité, qu'il nous est impossible de ne pas protester de
« toute l'énergie de nos cœurs. Jamais les lois de l'huma-
« nité, jamais les grands et généreux principes de la Convention
« de Genève n'ont été, depuis le commencement de cette guerre
« barbare, plus indignement et plus cruellement foulés aux pieds. »

« Je tiens hautement à protester, au nom de notre Société,
« dont Morin et Milliat étaient des membres les plus distingués; au
« nom de la grande famille lyonnaise, que nous représentons ici
« et qui pleure aujourd'hui ces courageux martyrs, au nom enfin
« de leurs amis, qui entourent ces deux tombes et dont les abon-
« dantes larmes disent mieux encore la perte que nous faisons et
« la grandeur de l'attentat.

« Adieu, mes amis, vos noms sont portés à l'Europe indignée;

« mais rien ne pourra nous consoler de votre perte. Vivez tou-
« jours dans nos souvenirs et dans nos cœurs comme des héros
« du devoir et du patriotisme. »

Ici, Messieurs, s'arrête la tâche que vous m'avez imposée. J'ai
essayé de la remplir, sans autre objectif que la vérité et en éloi-
gnant autant que possible de trop légitimes passions. La vérité
est écrasante pour nos ennemis, qui n'ont été à Hauteville que de
lâches assassins. Le voile hypocrite dont le rapport prussien cou-
vre cet attentat le fait paraître encore plus odieux et plus cyni-
que.

www.ingramcontent.com/pod-product-compliance
Lightning Source LLC
Chambersburg PA
CBHW061531170626

46811CB00004B/1920